Cássio Pantaleoni

O SEGREDO DO MEU IRMÃO

1ª edição / Porto Alegre-RS / 2015

Capa e projeto gráfico: Marco Cena
Revisão: Joice Monticelli Furtado
Produção editorial: Bruna Dali, Danielle Reichelt e Maitê Cena
Produção gráfica: André Luis Alt

Dados Internacionais de Catalogação na Publicação (CIP)

P197s   Pantaleoni, Cássio
         O segredo do meu irmão. / Cássio Pantaleoni. – Porto
         Alegre: BesouroBox, 2015.
         96 p.; 14 x 21 cm

         ISBN: 978-85-5527-010-9

         1. Leitura. 2. Literatura infantojuvenil. 3. Novela I. Título.

CDU 82-93

Bibliotecária responsável Kátia Rosi Possobon CRB10/1782

Copyright © Cássio Pantaleoni, 2015.

Todos os direitos desta edição reservados a
Edições BesouroBox Ltda.
Rua Brito Peixoto, 224 - CEP: 91030-400
Passo D'Areia - Porto Alegre - RS
Fone: (51) 3337.5620
www.besourobox.com.br

Impresso no Brasil
Agosto de 2015

"Estou hoje vencido, como
se soubesse a verdade"
Fernando Pessoa

PARTE 1

A maçaneta se contorce, o ruído enferrujado e folgado, uma, duas ou três vezes. A porta não abre, resiste. Do lado de fora a mão se esforça, teima, ainda calma, suave, temendo assustar. Depois, não havendo fresta, são cinco ou mais as batidas, fingindo a paciência de quem espera resolver de acordo com o protocolo. Porém nada acontece. Certo silêncio apenas, longo. E mais nada. Há inquietação. Conversam entre si, discutem. Não esperavam por isso. Não cogitavam a porta trancada, a falta de resposta, o silêncio. Nenhum quarto dali podia ser trancado pelo lado de dentro. Não. Decidiram assim há muito tempo. Como podia? O que fazer? Acusam como se isso ou aquilo fosse a causa, ponderam como se menos ou mais resolvesse. Resolvem-se pela urgência. Devem persistir nas batidas. Com força. Depois com mais força. E mais.

PARTE 2

Sabe, Patrícia, vou ficar por aqui mais um pouco. Te incomodo?

Fugi de lá. Não dava mais. Foi dor de machucar por dentro. Descobri assim que tem sentimento que não pode ser pra sempre. Irmão devia saber da gente um bocadinho mais, das manias de admirar, do nosso olhar curioso, dos jeitos de ver tudo no pouco daqueles que a gente ama. Acho que é isso.

Não. De repente, o meu irmão, que era mais do que tudo pra mim – sim, o meu irmão –, me trai, faz um deixa-assim, esquece de mim. E tudo por causa daquele segredo. Maldito segredo! Precisava esconder? Tinha? Pra eu pensar no quê? Quando eu soube daquela traição, do jeito que se fez ver, falei baixinho, só pra mim: "Não tenho mais sem ti. Doeu." Sei que não dura. Que o tempo ensina até o que a gente não quer aprender. Mas e aí? Resolveu?

Foi bom descobrir que eles queriam ajudar. Chegaram com as licenças e as gentilezas, os carinhos nas palavras. Explicaram o que devia e o que podia. Quando concordei, mamãe chorou de um olho só, escondida. Deu um tantinho de medo partir, mas não falei além do sim. Meus pais precisaram entender de jeito: eu não podia perdoar o meu irmão. Não dava mais pra morar junto. Ficou chato. O pai assim: "Não te basta o amor que tu sente por ele?" Quer saber o que respondi? Deixa, deixa.

Fui sem pensar. "Tudo vai ficar bem, querida", eles prometeram, com jeito de quem sabe mais. Mas não. Não ia ficar bem. Como ia? Ele nem se despedir veio, o meu irmão. Era o momento, Patrícia. Podia um "desculpe", o Lucas. Eu ficava melhor. Bastava aquele jeito de mano, de quem cuida, um abraço sincero. Escuta! Não adianta! Até a mãe já tentou me convencer: "Volta, filha." Eu disse que enquanto ele não se desculpar, não volto.

Porque já disse: vou ficar por aqui mais um tempo. Fiquei feliz em te encontrar aqui. Esse lugar é tão bom. Tem um jeito de pedir calma, de querer esperar, de deixar passar, de fazer tempo. E eu, Patrícia, me deixo esvair, me deixo esparramar. Aqui do teu lado, só eu e tu, nem conto mais o tempo. Conto o que acho que preciso contar. Só pra ti. Tu vai entender a minha escolha. Vai me dar razão?

Fiz treze no ano passado, achei que já podia. Liberdade, Patrícia. Só um pouquinho mais eu queria. Meus pais?

Até deixaram sapato de salto, batom, vestido curtinho, um vai-ali-não-vai-lá-não. Tudo fingido. Sempre por perto, medindo. Não fosse o Lucas – ele sim sabia o jeito de fazer eles pensarem pelos direitos. Enfrentava o pai num vozeirão. Pra mãe usava aqueles olhos caídos, bicudo, pronto pra devolver o sorriso, se a mãe dissesse que ia pensar. Meu irmão-herói, Patrícia. Tem igual?

Olha, não fosse o Lucas, jamàis eu beijava o Carlos Eduardo. Guri de lembrar sempre. Porque na segunda série eu nem julgava se era melhor amigo o menino ou a menina. Notava mesmo era aquela risada do Carlos Eduardo, gostosa, arteira, no incomodar das gurias, no intervalo das aulas, suado de polícia-ladrão. Quando a professora inventou gincana, ele queria só atrapalhar o esforço da turma toda. As gurias nem corriam como os guris, mas ele dava jeito de atrasar os caminhos, pra ver perder de vexame. Quanto cresceu! No último ano, fazia mais caras, nos papos dos guris, enturmado, meio tô-nem-aí. Franja caída nos olhos, sonolento, boca meio torcida, o cabelo batidinho na nuca, alisado. Achava estranho ele gostar tanto de camiseta cinza, mas ficava legal.

Numa terça, durante a aula de geografia, acho, foi que o lápis dele escapou. Sem querer? Difícil dizer. Rolou, rolou e rolou. Parou debaixo da minha classe. Fiz que nem vi. Ele, espiando por debaixo da franja, fechando um olho, meio que se dobrou na cadeira, todo torto, apalpando pra alcançar, como se não pudesse ganhar da preguiça.

Foi ali, Patrícia. Num de repente de quase não notar que mundo existe. O coração pulou. Pra me fazer sorrir sem motivo e descobrir que aquele Carlos Eduardo era já mais. Não aquele que conheci na segunda série, que corria por suar, na gritaria, entre os outros, de calção caído e tênis desamarrado, mãozinha de pular e agarrar as correntes do balanço, pra desviar e fugir, num pega -pega de valer a escola. Não esse. Outro. Diferente. A gente ficou se olhando, os dedos dele esticando atrás do lápis, fingindo duas perninhas de correr. Tão outro. Eu na maior vergonha. Porque não contive, Patrícia. Veio por vir, o suspiro. Disfarcei. Os pés devolvendo o lápis, de arrasto. E os olhos azuis dele, explodindo de graça: "Valeu."

Agora imagina: no mesmo dia ia ter festa. A turma queria crescer, tão cheia das vontades, tão sem pensar. Festa antes eu nunca tive convite. E pra convencer o pai e a mãe? "Todas as minhas amigas vão!" Cola isso? Os pais da gente julgam de jeito que não funciona, pelo pouco da conversa e assunto. Deixariam mais tarde, na idade certa, explicaram. Não ainda. Fiquei com raiva. Por que não podia? O que pode acontecer numa festa, meu Deus? Mas aí o Lucas, mais velho, falou cheio de convencimentos: "Ah, nem é assim, pô. O mundo mudou! E ela é bem crescidinha." O meu irmão, Patrícia! Sempre ele. Fui pra festa, orgulhosa de ter um irmão assim, levando, além da bolsa que ganhei da vó e que nunca tinha usado e daquela sorte de já ter idade pra ir mais longe, um monte de recomendações. E pai e mãe fazem outra coisa? Pois fui pra voltar apaixonada, acredita?

Graças ao Lucas. Por isso que não suporto a traição dele. E agora ele me ignora, pode? Sim. Nem quer saber mais de mim. Depois que fui embora e vim pra cá, ele nunca mais me procurou. Tá nem aí se eu vou bem ou melhor. Quer saber? Hoje decidi outro jeito: vou atrás dele, Patrícia. Quero ver o que ele vai dizer. Olho no olho. Vai se sentir culpado pelo feito e desfeito.

Se tenho medo que eles me impeçam? Não, Patrícia. Conto: rondam e rondam, cheios de voz de cuidados, pausando as palavras, com os ouvidos escancarados.

Acham que vão descobrir alguma coisa importante sobre mim. E vê! Sou burra? Claro. Notaram. Sabem que fiz combinação contigo. Que a gente anda tramando sim. Não vim te ver por te ver. Adivinharam hoje, só hoje. Tarde demais. Podem bater na porta o quanto quiserem. Não vou abrir. Nesse nosso cantinho hoje eles não entram, não. Pensei em tudo. A cama aguenta a porta. O clipe na fechadura pra dificultar. Esse pedacinho de madeira por debaixo da porta. Podem forçar. Vamos ficar juntas aqui, Patrícia. Até não sobrar mais força. Depois vamos embora juntas?

Não dorme ainda. É cedo. Quero te contar tudo. Tá prestando atenção?

PARTE 4

magina como acordei no outro dia! E festa cansa? Eu tava era cheia de coisa pra esconder do pai e da mãe. Tinha nome e sobrenome, o meu segredinho. Se meu pai soubesse, ia ter sermão. Descuido meu. Levantei antes da mãe chamar. Tomei o leite pra sair correndo, mas o pai: "Me diz." Adoçou o café assim devagar, manteiga no pão, o jornal de canto, sem me olhar: "A festa?", insistiu. Dizer por dizer nem valia. Revirei a mochila, espalhei os cadernos. Procurei, procurei: "Mãe, tu viu a minha lapiseira?" E pro pai: "Tava legal", e pra agradecer: "Mano, tem uma menina na minha turma que te acha lindo." Fim de conversa. Hora de ir pro colégio, não se pode explicar muito.

No ônibus, o Lucas veio curioso: "Namorando?" Ri. Quem faz arte é mais feliz? A festa teve lá os seus cantinhos. No primeiro beijo a gente derrete, o coração avisa um medinho, o cheiro do outro, já um tantinho antes, te enfeitiça; depois o toque descobre um macio, naquele molhado do gosto morno do outro, um crescendo no peito, no juntinho de abraço, a música no fundo, encobrindo de conta, a luz de olhos bem fechados, só sentir a gente no outro, um rapidinho que se demora. Quando termina já dá vontade de repetir. Então, no segundo, a gente demora mais, se deixa mais, nem vergonha de descobrir o que define os guris, pra lembrar que a gente tem respeito é no só aquele pouquinho, como criança que faz arte: "A gente só ficou, bobão."

E eu sonhei, Patrícia. Sonhei porque a vida no dia a dia é bem menos que isso. E depois?

PARTE 5

Às vezes a gente estuda tanto pra uma prova e cai justo aquela matéria que a gente nem imagina que o professor vai pedir, uma página do livro que a gente teve preguiça de ler. No colégio, tinha aquela tal de Glorinha. Nem era da turma antes. Veio de transferência. De uma escola do interior. Descobrimos cedo que ela gostava de se divertir era com o azar dos outros. E te digo: ela inventava azar pra todo mundo. Tipo: a gente entrava distraída na sala e ela colocava o pé pra gente tropeçar. Depois ria muito. Teve pai visitando o diretor, de portas fechadas, nas razões de comparar o certo e o errado, reclamando. Porque soube de corredor que Glorinha tinha vocação pra fazer mal. Colou chiclete no cabelo da Martina da 201 e rasgou a camisa de um guri do fundamental. Bem o tipo, sabe? Já no primeiro dia com a nossa turma, ela media os assuntos, se intrometia e falava coisas de gurias sem esconder dos guris.

Entrei no pátio como de costume, pelo portão lateral, ali onde geralmente eu via o Carlos Eduardo, logo cedo, todos os dias de papo com os outros guris. Não via a hora de falar com ele. Curiosamente, não foi ele que encontrei. Dei com a Glorinha que, cheia de sorriso, veio falar comigo. Trazia a Rita junto. A Rita era a guria mais velha da turma, menina de preto nos olhos, nas calças, no colete, cheia de pulseiras prateadas, correntes e piercing. Repetiu dois anos seguidos. Diziam no colégio que ela já tinha ficado com os meninos do terceiro. A gente via: os olhos que faziam jeito, o chiclete mastigado de canto, o dedo enrolando o cabelo escuro, voz de desvios e hum-hums. A Rita insinuou: "Rolou, então?"

Incomodou um pouco, Patrícia. A gente não quer tudo na pressa, tem que ser aos poucos, pra ser feliz: "A gente só ficou", repeti. Caçoaram como podiam, naqueles risinhos de dizer pra todo o mundo que eu era criança. Aí vale o irmão, Patrícia. Ele viu de longe que eu me agarrei na mochila, no nem olhar pros lados, chegando de conselho: "Mana, sai dessa. Não liga pra elas. Tem o tempo certo. Não cai no papo dos guris. Tu é mais que isso. Tá ligada?" Olha que irmão! Acredita? Nem mais doía aquela mentira, Patrícia. O que mais se precisa nesses momentos?

A traição dele me dói tanto. Por que ele foi fazer aquilo? Não precisava. E tem quem se comporte daquele jeito quando tem alguém que gosta dele tão assim? Pena. Pena mesmo.

Só que tem dias e dias nessa vida da gente. Na mesma noite, já em casa, jantar de cada um no seu canto, silêncio de coisa por dizer, engolindo seco, eu já bem triste com tanto, veio a mãe me contar além. Que tinha que cuidar gastos, contar bem mais as despesas. Uns tempos difíceis pela frente. Perguntei por perguntar. Mão de mãe quase fala – senti na dela um receio. Porque deram demissão pro meu pai. Ainda no começo da tarde daquele mesmo dia. Os olhos dela, naquele verde aguado, fingiam esperança, que tudo ia se arrumar de pronto, que tinham uns guardados. Sabiam que coisas assim podiam acontecer.

Se me perturbei, não sei. Eu tava apaixonada, entende? Como ia dar conta de saber as duras de ser pai ou mãe naquela situação? E tinha ainda aquela bobagem da Rita e da Glorinha, nos cochichos pelo corredor do colégio, cheias de riso e espichos de olho: "Tá, mãe. Tá." Pra depois ir pro quarto, pedir a porta fechada, enroscar no travesseiro, no cantinho da parede, fuçar no celular, mensagem pro Carlos Eduardo.

O outro dia, era o pai inchado. Numas sonolências de nem conversa, economizando açúcar, leite, manteiga e assunto. Só café preto pra tirar o sono. Mas ia carrancudo. A mãe aprontava tudo e qualquer mais, por fazer a parte dela, despreocupar o pai dos hábitos da casa.

O Lucas sabia mais que eu e puxava esperança: "Pai, se quiser eu ajudo." O pai sorriu por círculos, engolindo palavras. A mãe judiou do avental, num mexer de mãos que precisam se ocupar. Descontava na louça, na esponja sem detergente, na torneira engasgada. Quando ficava muito nervosa ou contrariada sempre inventava louça por lavar, mesmo que tudo estivesse limpo. O clima tava um saco. "Vai, filha. Tá na hora, vai. Quer perder o ônibus?" O Lucas espichou aquelas sobrancelhas grossas que ele tem, quase sorrindo, me devolvendo o olhar. E me abraçou. "Vamos juntos?"

ogo no primeiro período eu quis sorrir pro Carlos Eduardo. Já ia um dia que ele nem falava comigo. Notei que tinha algo estranho. Ele nem ali. Desviou. Fingia mais interesse na geografia da professora, a cabeça apoiada na mão, de lado, raspando a unha numa lasca da cadeira que já descascava.

A Glorinha notou o meu constrangimento, roendo o lápis na beira de um sorriso de quem se diverte com a agonia dos outros. Nos cutucões na Rita, o dedo apontado, sublinhou na classe aquele apelido idiota que eu ainda nem sabia que tinha. Tentei prestar atenção na aula, fiquei quieta no meu canto, mas não parava de pensar no que tava acontecendo. No intervalo, foi a Ana Lúcia que chegou mais perto. A gente nem se falava muito, apesar de nos conhecermos desde o quarto ano, quando ela foi transferida de turma. Ela parecia ser a mais quieta do grupo. Acho que os óculos de armação fina faziam ela parecer mais inteligente do que era. Estranhei: "Tão falando um monte de ti. É verdade? Tu fez mesmo?"

Demorei naquele não-entendi. Como assim? "O Carlos Eduardo!", nomeou baixinho. Acredita, Patrícia? Inventavam. Tinham lugar, tinham hora, tinham detalhes de sei-lá-o-que! Que tinha sido na festa. De onde? Não! Eu não contive. Chorei de raiva. A Ana Lúcia escondeu o meu rosto num abraço de quem entendia. Não era pra eu mostrar que me deixava abalar, mas não deu. Aquilo divertiu as outras duas. E até o Carlos Eduardo! Que se diga mentiras desse tamanho por intenção? A ver. Não valia, não.

Quando voltei pra casa, a mãe percebeu que eu não tava bem. Sentei pertinho da mesa, deitando a cabeça sobre os braços cruzados. Acho que ela notou que as minhas pernas balançavam. Porque no fundo eu não queria falar nada. Só queria ficar ali, juntinho. Ela pediu pra eu ajudar com o molho, picar o tomate, a cebola e o alho. Fiz cara de nojo. Pra sair de perto. Sabia que esse era o jeito dela de fuçar nos meus assuntos. Fui pro quarto. Mexer no computador, entrar no Face. O Lucas veio depois, entrando sem bater. Pra me perguntar das novas. Novas? Enrolei um pouco, mas depois contei. Só porque precisava. Como ficou bravo! Disse que a coisa toda não ia ficar assim. Que ia tirar as caras. Tive medo. Pedi que não fizesse nada. Que esquecesse. Tudo passa com o tempo. Mas não. O Lucas não é de esquecer.

Ainda naquela noite o pai chamou a gente. Queria falar sério. Falou ali na cozinha mesmo. Sentou na ponta da cadeira, as pernas nervosas, apertando as mãos e os lábios. De vez em quando ele conferia o relógio, com a testa enrugada, como se tivesse hora marcada em outro lugar. Demorou um pouco, respirou profundamente e começou. Patrícia, era de não entender. Explicou tanta coisa, tropeçando nas palavras, repetindo isso e aquilo, que eu confesso que cansei. Uma coisa eu pude entender de certo: a gente precisava mais. "Vamos parar de gastar dinheiro com bobagens", disse ele, enfim. Bobagens?

PARTE 7

cho que foi depois dessa noite que perdi a noção, Patrícia. Eu via o pai ali, todos os dias em casa, pra lá e pra cá, ligando pra um monte de gente, lendo o jornal, acessando a internet. Ele procurava, decidido. Pra depois se jogar na poltrona, procurando algo que não podia encontrar. A mãe corria de fazer tudo, trazia café, bolacha de água e sal, sorria torto, perguntava se estava bem, emprestava coragem. Ele bem diferente. Irritava. Com qualquer coisa. Reclamava dos colegas de trabalho, das "Incompetências! Intermináveis incompetências!" dos outros. Tenho certeza de que vi enxugar o choro umas vezes. Ele escondia. Dificilmente vinha pra perto. Ia e voltava sem nunca demorar um tantinho pra conversa. Dia e dia, trancava o quarto por tempo e mais tempo, num sozinho de só ele, depois aparecia de cara inchada, inventando um sorriso que não tinha de si nem o querer ser verdadeiro. E ficava assim: uns vícios de arrumar livros na prateleira, mexer na posição dos gatinhos de madeira, nos vasinhos da mãe. No fim, não arrumava nada. Era só pra dizer que fazia.

Eu cansava daquilo! Tinha que ser bem quando eu me resolvia com o Carlos Eduardo? Justo quando descobri que o coração é de dar corda? E aquela vontade de ver e ver outra vez quem era tudo pra mim? E dá pra viver assim? Voltar pra casa era chato! Muito.

Aí era o Lucas, Patrícia. Que salvava. Falava de jeito com o pai, confiado mesmo. Eu sentia uma pontinha de remorso por não ser assim tão forte. Parecia o homem da casa. Dizia que ia fazer o que devia. Que ia acontecer, que ajudava. Tinha ideias, uns "atinamentos", como dizia: "É a vida, pai. A gente se vira, tá ligado?" Vibrava, cheio de si. Até o pai balançar a cabeça, num torcer a boca de talvez, orgulhoso do Lucas, ajudado, secando os olhos. Como eu. Depois ele corria e abraçava a mãe na cozinha, cobrava o sorriso, contava histórias engraçadas do colégio, de uma coisa que tinha lido em algum livro, dumas ideias que tinha. Logo me procurava, e repetia: "Melhor é ter chance de viver, mana. Tudo passa."

Eu já nem queria menos, Patrícia. Eles não sabiam o quanto eu andava triste. A Rita e a Glorinha não paravam de me encher. De canto, nos cochichos, nos risinhos de tirar qualquer uma do sério. E o pior! O Carlos Eduardo já nem era como antes. Não parecia o guri da festa. Andava com aquelas duas mentirosas pra cima e pra baixo. Agora ele me ignorava, como se nada tivesse acontecido entre a gente. Passava reto. O que os meninos têm na cabeça? Explica! Eu me sentia a última. Na hora dos intervalos eu queria sumir. Foi de repente, notei – ele tinha ficado muito chato.

Naquela quarta-feira, véspera do dia em que fazia um mês que a gente tinha ficado na festa, acordei por mim. Bem antes da mãe me sacudir. Pintei os olhos bem pretos, pus batom vermelho, o moletom alargado, e escolhi uma calça branca que eu gostava muito de usar porque era bem justa. Decidi também usar de novo o tênis All Star que a vó me deu. Até aquele dia eu tinha vergonha de ir com ele pro colégio. Tava velho, desgastado já, mas eu adorava.

Na cozinha, o pai perdia, frouxo na cadeira, num desânimo de fazer bolinhas com as migalhas. O pão torrado suava a manteiga, abandonado no meu prato. Vi o pai daquele jeito e nem sei. Não comi. Nem leite quis. Era dia de resolver tudo com aquela Rita. Tava no limite. "Cadê o Lucas?", já colocando a mochila nas costas. Mas o pai não escutou. Com a bolinha de pão entre os dedos, ele tava longe dali.

Estranhei, Patrícia. O meu irmão nunca perdia de sair comigo. "Saiu mais cedo", ouvi a mãe dizer depois que eu já tinha batido a porta. Corri pra não perder o ônibus. Pela janela eu notei a velhice das casas da minha rua. Eram as mesmas casas que eu via desde que me lembro. A calçada, em frente ao sobrado verde, estufada pelas raízes grossas das árvores, onde o pai calculava os riscos de me deixar sem apoio na bicicleta. Ou a varanda da casinha de madeira onde eu, o Lucas e a Bia brincávamos com massinha de modelar. O dom da Bia era colocar massinha nos cabelos da gente, uma maçaroca grudenta. E a gente ria, atirando massinha nos outros, enfiando no nariz, sentando em cima. Um tempo. Do ônibus, ainda vi as folhas amarelas rolando pelo chão. Prenúncio de chuva. O que fica no passado serve como? "Tudo passa!", disse o pai quando caí da bicicleta e machuquei o joelho, naquela mesma rua. Não chorei. "Vai de novo que tu consegue, filha!", porque pai sempre acredita que a gente pode. O motorista acelerou.

A chuva veio com força. O ônibus assustava as poças de água que se jogavam nas calçadas, pra molhar de vez em quando alguém distraído. Que dó. Até parar num engarrafamento. Foi então. Notei, sei lá por quê, Patrícia. Mas eram quatro naquela chuva. A mãe segurava o bebê no colo, entronchadinho, abrigada por uma marquise curta, do tamanho de um braço. Encolhia toda, protegendo o menininho. O vestido aquecia o que podia. Entendi que era gente humilde, desabrigada. O homem ia naquele desespero: segurava um colchão meio puído junto da parede, só o colchão. Fosse tudo o que tinham, porque nem nada mais ali para cuidar. Ele lutava para segurar reto aquele colchão, bufando num esforço de braço magro, melando a barba, os cabelos escorridos, os pés por debaixo, levantados um tantinho, pra não deixar encostar no chão, querendo não molhar. Mas ia água por tudo. E quanta água! Escorria, infiltrava, respingava. Vertia da parede, pingava da marquise, vinha com o vento, corria pela calçada, fazia rio no meio-fio. Desespero.

Notei então a menininha. Sim, a menininha. Ela nem aí. Enquanto a mãe queria encolher, grudar na parede, e o pai queria ter o poder de levantar o mundo nas costas, ela pulava nas poças, fazia arte, pulava de feliz. As sandalinhas de tira, com as meias encharcadas até a canela, as pernocas de fora, a borda do vestidinho escurecida de tanto arrastar na sujeira do chão. Espalhava mais água pra tudo quanto era lado, pra cima da mãe, pra cima do colchão, pra cima do pai, mordendo a língua de cantinho. Uns olhões de alegria distraída, pulando e pulando. Brincadeira boa aquela! Nem aí que a mãe com o irmãozinho no colo, num medo de febre, de cabelos lavados, implorava o fim daquele aguaceiro. O homem se atrapalhava, fazia força pra levantar o colchão o mais que podia. Esticava os braços com a camisa pra fora das calças, o sapato sem meias mergulhado nos jorrões que rebatiam na parede, descendo pelos canteiros, pelos sulcos da calçada, pelos veios dos paralelepípedos, pelos bueiros. Pudesse abraçar o colchão, a mulher e o menino, mas não tinha braço, não alcançava. Era tanto por cuidar! Ele tinha aquele olhar de homem que acha que é tudo culpa dele, olhar que pedia desculpas à mulher, ao filho e a todos os santos, quase implorando. E aquele colchão teimando em vergar, espiar fora da marquise, num contorcionismo de circo, perseguido por toda aquela água. Me veio assim, Patrícia – num soluço curto, suspirado. O choro. Chorei nem sei quanto. A mão na janela queria salvar, mas era abandono. Abandono de não poder. Segurei o que podia, num sorrindo junto, sorriso nervoso, aguado até o queixo.

Cresceu no peito aquela dor, me cortando em pedacinhos. E olhei pra menina antes do ônibus deixar tudo ali. A menina que pulava na água, a menina que segurava a língua entre os lábios, a menina que nem via colchão ou aguaceiro. Feliz de brincar sem levar bronca. Porque a mãe protegia o bebê, o pai protegia o colchão e ela feliz que só. Quando o ônibus dobrou a esquina eu entendi. Só um colchão, Patrícia. Mas quem sobrava mesmo era a menina.

PARTE 9

Cheguei pelos cantos. Quando chovia, o corredor do colégio meio que virava uma zona. Se a gente não quisesse se molhar, ali era o único lugar que dava pra ficar, se não fosse dentro da aula. Muita gente falava ao mesmo tempo e era um lugar muito estreito. Imagina o barulho. E ainda tinha o eco de corredor comprido. E naquela hora todos sempre tinham muita coisa pra contar. Queriam falar do que tinham e não tinham, do feito e não feito, do dia de antes e do depois do amanhã. Pra combinar bem cedo o depois da aula. Uns conversavam no celular e ao mesmo tempo se metiam nos assuntos que iam surgindo; outros liam e respondiam mensagens. Às vezes escondiam do outro a tela do telefone, como se tivessem um segredo. E riam muito depois. Ou então faziam questão de mostrar, abrindo a boca nuns assombros, gritinhos e caretas. Tudo ao mesmo tempo, tudo um dos outros. Eu? Queria ficar de fora. Nem valia conversa. Quem entenderia aquela minha manhã?

O Carlos Eduardo ainda passou por mim fazendo jeito, torcendo as bochechas, insinuante. Ria? Depois foi a Rita, enrabichada pela Glorinha. Nos cochichos de sempre. Eu estranhei. Não entendi aquele arregalamento todo, como se eu fosse motivo. Que ódio, Patrícia! Por que elas faziam aquilo? E o que tinha dado no Carlos Eduardo, afinal?

Sabe, tanta coisa acontecia. Eu tinha essa vontade que a gente tem quando se sente vazia, vontade de receber todos os carinhos, todas as atenções. Queria colo, beijo, abraço de durar, chocolate, música lenta, mensagem antes de dormir, cheiros. Queria ouvir a música da festa de novo. A música que a gente dançou junto, a música do primeiro beijo. Queria. Queria tudo! Eu precisava. O que a gente faz quando o dia amanhece assim tão triste?

Claro que eu não ia falar com o Carlos Eduardo e fazer papel de ridícula. Eu queria entender o que acontecia, mas com aquela menina enfiando o nariz em tudo, não dava. A Rita ia longe nas manias dela. E mesmo quando decidi ficar na minha, deixar o que devia, ela, antes de entrar na aula, soltando os cabelos, variando a voz: "Tá arrependidinha, é?"

Dei as costas, ressentida. Mas te juro: não entendi o que ela quis dizer. Na sala de aula, era perto da janela que eu ficava. A chuva se jogava no vidro e depois chorava até o chão. Distraí tanto que até me assustei quando alguém enrolou uma mecha do meu cabelo com os dedos. De novo, a Ana Lúcia. Sentou ao meu lado, a cabeça curvada, sorriso de lábio apertado, já por saber mais: "Elas inventam muito." E segurou na minha mão.

Não prestei atenção em mais nada naquela manhã.

PARTE 10

Dei conta do sol só quando a aula acabou. Tinha um pedacinho de céu em cada poça de água que secava. Pisei em cada uma delas, de propósito. Meu coração tava cinza, entende? Na frente do colégio encontrei o Lucas. Tinha vindo só pra me buscar e ajustar o que ele achava direito. Ele passou a mão na minha cabeça, me deu um beijo e se pôs na frente da Rita e da Glorinha, abrindo os braços como se quisesse saber de algo que elas escondiam. As outras meninas que tavam por perto se agarraram nas mochilas e foram se encostar no muro. Era a cena de ver naquela manhã: "Falaí, Rita. Por que tá inventando coisas da mana?". A outra olhou para os lados, como se quisesse encontrar apoio de quem andava por perto, mas depois, vendo que não ia ter ninguém de escudo, ficou encarando ele com um ar de pouco-me-importo: "Não enche o meu saco!" Aquele meu irmão, Patrícia, ele sabia de tudo. Sabia até o que eu ainda vou demorar muito pra aprender. Ele também ficou encarando ela como se soubesse mais, e deu pra ouvir ele dizer baixinho: "Sai da linha só uma vez e eu vou contar pro teu pai onde é que tu anda gastando dinheiro."

Ela fez cara de ódio. Ele se virou, já lembrando de mim outra vez. Ele sabia do que eu precisava – um sorriso só, daqueles largos. E chegou como se nada tivesse acontecido. Aí é que começou aquele papo que só de lembrar já saio do sério. Tava indo tudo tão bem. Por que ele tinha que estragar tudo ali com aquela história: "Mana! Tenho um segredo!" Que segredo? Antes eu queria saber era um pouco mais o que ele tinha dito pra Rita agora há pouco! Com o que ela andava gastando o dinheiro afinal? Por que os pais dela não podiam saber? Ele desconversou, fez cara miúda, pegou na minha mão e repetiu sorrindo: "Tenho um segredo bem melhor que esse!". E por causa daquele sorriso lindo dele, já eu também ria até pelos olhos, como se aquele segredo tivesse o poder de colorir aquele meu dia tão cinza. Que eu deixasse o papo da Rita pra depois: "Então conta, vai!" Ele me carregou pela rua, entusiasmado, com aquele jeito de irmão que pode tudo! Disse que já tinha arranjado maneira de ajudar o pai. Um amigo. "O pai merece. Nem conta nada. Vou fazer a minha parte. Não vou te contar agora. Não. Não faz essa carinha... Não, mana. Para de fazer cócegas! Depois te conto!" E me abraçou de novo, apertado, apertado. Abraço de irmão mesmo. Que coisa boa! Aquele carinho todo, aquele convencimento de que ele podia. É disso que falo, Patrícia. Quem não vê que tudo tem jeito, vive do quê?

"Depois a gente se fala mais", abanando de longe. Subi no ônibus pra ver de longe a Glorinha de cara fechada, nos cochichos com a Rita. Que sabia o Lucas das coisas delas? Era mesmo assunto de esconder, de ter vergonha? Depois, ainda vi o Carlos Eduardo acenar com aquele desdém de quem dá um adeus de nem medir a dor do outro. Engasguei, é claro. Nem durou.

Já uma quadra depois o meu celular avisou – mensagem: "Foi mal. Vai lá em casa de tarde. A gente se perdoa, né?" Era o Carlos Eduardo.

PARTE 11

ão, Patrícia! Antes escolhi a mãe. Mais amiga, mais de perto. E mãe vê nos desvios dos olhos da gente a tristeza. Porque até então ele era tudo na minha vida! E agora? Por que fazia aquilo? E servia aquele desânimo do pai pra me fazer chorar mais ainda. "Conta, filha. Que houve?" Pedi pra falar longe. Ela entendeu. Saímos pra ter lugar só nosso.

Perto de casa tinha uma praça, de balanço, escorregador e gangorra, mas pequena. O banco mais procurado ficava debaixo dos galhos retorcidos de uma árvore bem velha. Foi ali que eu muitas vezes testei a minha coragem, subindo enroscada, pra ver mais do alto, da torre do meu castelo, aquele reino. Foi ali que muitas vezes eu fingi ser a princesa presa na torre. Mas era apenas uma árvore gorda e espalhada, que se entrelaçava com a cerca que protegia o desnível da praça. Sentamos ali. A mãe segurou a minha mão, quieta por algum tempo, procurando no ar as palavras mais certas; ou talvez o jeito de começar sem muito. Pra me dizer que entendia, que era sempre assim aos treze. Nem dei tanto pro que ela dizia. Carinho de mãe fala mais, recolhe, abençoa, envolve a gente. Aquilo é que valia. Ela me abraçou.

Olhei pro balanço vazio e lembrei da menina. A praça tava como ela naquela chuvarada: sozinha. Onde as crianças? Praça só é praça quando tem gente brincando! Até chegar um menininho, a mão pela mãezinha, o calçãozinho curto, a camisetinha branca, as bochechas vermelhinhas, entortando os passinhos de querer se largar no chão. Encheu as mãozinhas de terra, agachadinho, num jeito de dizer que podia, na boca um aperto de quem sente uma sensação nova. Pra depois jogar tudo de volta no chão, fazendo careta. E lembrei: a gente vem dali, Patrícia. Vem daquela vontade de brincar com as coisas do mundo. De descobrir. De testar. Depois o mundo nos enche de tanto mundo que a gente fica miúdo, perdido no meio desse tanto que se sabe e dessa tanta gente que não se conhece. E é tudo tão pouco. O que a gente quer mesmo é fazer parte! Só isso. A gente quer pertencer! Será que a Rita e a Glorinha não entendiam isso? E nem o Carlos Eduardo?

A mãe percebeu o meu silêncio. Perguntou das minhas amigas e dos meus professores, se tinha algo que eu queria compartilhar com ela. Balancei a cabeça pra diluir naquele não a vontade de dizer que sim. Por não saber por onde começar. Por me faltar coragem de falar sobre o que acontecia comigo. O tanto pra ela me contar que uma das coisas do qual ela mais se orgulhava era de ter superado as intimidações que ela sofria no colégio. Fiquei surpresa. Não tinha ideia de que minha mãe tivesse sofrido intimidações. Disse que teve fama de tonta entre os colegas e que até o menino que ela gostava falava dela. Chamavam ela de feia, de horrível, que nunca ia arranjar namorado. Que tinha inclusive caído da escada, porque os outros alunos trombavam com a minha mãe pelos corredores como se ela nem estivesse lá. Implorou pra minha avó pra mudar de colégio. Quando conseguiu, até achou que as coisas iam melhorar. Mas na nova escola não se usava uniforme e os meus avós não tinham muito dinheiro pra bancar roupas novas o tempo todo. Minha mãe nunca conseguiu se vestir como as outras meninas. Enquanto as outras desfilavam moda todo dia, ela ia com o que podia, improvisando um laço ali, um cinto por cima, a calça sempre a mais nova. Imagina! As únicas amizades que ela conseguiu fazer então foram com outras meninas que viviam algum tipo de rejeição também. Ela me contou que tinha uma menina que usava uns óculos de fundo de garrafa, muito inteligente, que tinha dom pra matemática e nenhum cuidado com os cabelos. Outra era muito alta, magrela, e ria por qualquer bobagem, apesar de tímida. E ainda mais uma, que vivia lendo o tempo todo, não saía da biblioteca, não falava com quase ninguém. Aquele era o grupo dela. E foi com aquelas gurias que o colégio se tornou um pouco suportável.

Quando escutei essa história, me deu uma pena da mamãe. A minha mãe sempre foi tão bonita pra mim! Sempre foi tão feliz! Tão amiga!

No celular, o Carlos Eduardo insistia: "Vem!". A mãe tentou uma espiadinha. Pedi pra voltar pra casa. Que eu precisava falar com a Ana Lúcia sobre um trabalho de Português. Que valia nota. Fui pro quarto, pensei um pouquinho e depois saí. Fui encontrar com ele. Burra que eu fui!

PARTE 12

Pra minha surpresa, logo que eu cheguei parecia que o Carlos Eduardo queria mesmo pedir desculpas. Ele me espiou por debaixo da franja, a cabeça baixa, quase desviando. Claro que notei um sorriso que não se segurava de vontade de ficar mais largo. Imaginei tudo diferente antes. Que ele ia me abraçar e talvez chorar comigo por ter feito algo tão sem sentido. Só que a surpresa não era só essa. A Ana Lúcia tava lá também. Porque o Carlos Eduardo tinha escutado dela o quanto eu me sentia machucada com tudo aquilo e que por isso via nela uma amiga verdadeira. No quarto dele, explicaram que não concordavam com as fofocas da Rita e que eu tinha toda a razão de ficar chateada.

Enquanto falavam, notei aquele estranhamento no jeito do Carlos Eduardo. Era tão outro ali, diferente daquela manhã no corredor da escola. Tava mais perto, mais do meu lado, segurava a minha mão como que pedindo desculpas. Ele tinha um plano para desmascarar a Rita e a Glorinha.

Que eu precisava me vingar. Por que achava isso? Por que achava que eu queria me vingar de alguém, Patrícia? Lembrei do professor de literatura que adorava usar essa palavra de outro modo. Ele dizia que os grandes escritores da história queriam vingar as suas obras. Ou dizia que as grandes obras são sementes que vingam entre várias gerações. Vamos combinar! Que papo era esse? Sei lá! Mas eu achava tão bonito isso. Vingar assim, talvez. Do jeito que o Carlos Eduardo dizia era um vingar feio, vingar que briga. Não queria briga. Só queria que me deixassem em paz.

Pô, não sabiam o que eu tava passando, vendo o meu pai triste todos os dias, a mãe querendo tudo como antes? E o Lucas? Eu via tão pouco o Lucas! E agora aqueles segredos dele! Que raiva me dava disso. Sentia falta de conversar com o meu irmão. Ele diria: "Deixa os outros, mana. Tu é mais.".

Mas eu tinha uma esperança. E o tanto do Carlos Eduardo que eu trazia na lembrança daquele primeiro beijo mexeu comigo ali. Ouvir dele que a Rita e a Glorinha não tavam sendo legais doeu muito. Eu segurei o choro. Ele segurou o meu rosto com as duas mãos, atirou a franja pro lado, me olhou sorrindo e tentou me beijar. Eu desviei. A Ana Lúcia, prevendo o que vinha, saiu do quarto. Ele me abraçou e fez eu me sentar na cama. Beijou o meu pescoço, empurrando pra que eu me deitasse. Resisti um pouco, mas ele pediu pra eu relaxar, que tava tudo bem, que ele entendia. Que agora tudo ia ficar bem. A mão dele escorregou até a minha cintura, levantando minha camiseta, até tentar tocar onde eu não queria: "Não! Eu não te quero desse jeito!". Levantei furiosa, a voz tremida, me arrumando.

Fui embora. Não tinha clima ali. Saí do quarto e vi a Ana Lúcia sentada na sala com as mãos entre as pernas, encolhida: "Não entendo o que tu tá fazendo aqui!", eu disse. Ela só baixou o rosto. Não disse nada. Que raiva!

Bem depois entendi o que tinha acontecido. Não foi difícil pro Carlos Eduardo notar que a Ana Lúcia tinha se aproximado de mim. Que tinha me conquistado. Se entendi, ele, a Rita e a Glorinha fizeram até uma aposta. Disse que ia provar que eu era boba. Que se ele quisesse, me convencia a fazer qualquer coisa. Foi daí que veio a ideia de envolver a Ana Lúcia. Pra ficar mais fácil. Se ela estivesse por perto, ele tinha certeza que eu ficaria mais tranquila. Quando explicou pra Ana Lúcia que tava arrependido, que gostava muito de mim e que achava chato o que as outras duas tavam fazendo, ela desconfiou. Mas ele tinha lá o seu jeito de convencer. Que queria ajudar e que precisava dela, pois eu confiava nela. A Ana Lúcia acabou acreditando e topou ajudar. E foi o que aconteceu – quando vi a Ana Lúcia lá, eu relaxei. Pô, a guria tava sendo super minha amiga! Incrível a cara de pau dele.

Tudo aquilo mexeu com a minha cabeça, sabe? O que tava acontecendo na minha vida? A gente desconfia até do além nessas horas, Patrícia. E mais tarde, naquela noite, pra me deixar mais confusa, estranhei muito o jeito do Lucas. Tinha uma alegria exagerada. Chegou suado, o cabelo achatado, cheiro de rua. Assobiava uma canção do Elvis que o pai, bem antes da demissão, escutava quase todos os fins de semana. A casa parecia ter sido invadida por um passarinho que nem ligava pro que acontecia, voando de um lado pro outro, feliz. Até cantar no chuveiro ele cantou.

Na cozinha, antes de dormir, eu insisti: "Não vai contar?" Só balançou a cabeça, arregalando os olhos como quem apronta, e bagunçou todo o meu cabelo, como se quisesse fazer o meu pensamento mudar de assunto. O pai não notou, mas a mãe quis explicação daquela animação toda: "Só feliz, mãe!", indo pro quarto. Ela nem duvidou, nem tinha mais interesse. Ver o filho feliz consertava um pouco as coisas. Pelo menos um tantinho. Mas eu não. Curiosidade mata!

PARTE 13

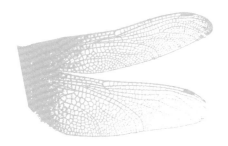

Eu sei! Eu sei! Essa barulheira na porta aí incomoda! Eles querem entrar de qualquer maneira. Querem me tirar daqui, Patrícia. Eles não entendem a nossa amizade. Não sabem o quanto a gente é parte uma da outra. Mas não vamos deixar ninguém entrar. De jeito nenhum. Não distrai, Patrícia. Já disse. Preciso te contar toda a história primeiro. Eles vão se cansar logo. Já, já vão embora. Deixa. Tem mais coisa que preciso explicar.

Foi logo cedo no colégio que descobri o que aqueles três aprontaram. Todos que passavam por mim riam e cochichavam. Foi tudo muito rápido. A Ana Lúcia me pegou pelo braço e me levou até o banheiro: "Não tá sabendo? Não viu o vídeo no Face?" Meu mundo virou de cabeça pra baixo, Patrícia. Como pode? Aquele menino com carinha de anjo, aquele que me viu suspirar por debaixo da classe, atrás de um lápis, ele que tinha aquela franja caída na frente daqueles olhos lindos, das manias de vestir só camiseta cinza – ele era um monstro!

Naquela tarde em que eu fui na casa dele, a intenção era bem outra. Ele filmou a gente no quarto, depois que a Ana Lúcia saiu. Tudo bem. Eu sei. Não aconteceu nada. Mesmo assim, quem assistiu o vídeo me viu na cama dele, com ele por cima de mim, querendo me tocar. O vídeo não mostrava mais que isso, mas também não deixava ver que eu reagi e que fui embora e que nada mais tinha acontecido. Essa parte ele cortou. E agora tava tudo na internet! No início, cheguei a pensar que a Ana Lúcia tava do lado dele. Não. Ela não sabia de nada. Foi usada. Ele sabia que se ela não estivesse lá, talvez eu nem tivesse entrado no quarto dele.

Ah, como a gente chora demais em casos assim. Chora de raiva, de vergonha, de tristeza. Chora porque sente – quem controla a verdade? Será que fui ingênua? Será? Nem adianta explicar agora. A gente não ganha nunca. Pelo que sei, outras meninas que tiveram coisas desse tipo publicadas na internet, nunca ganharam. Só perderam. Perderam os amigos, perderam o respeito. São humilhadas por essa gente que nem quer entender a outra versão da história. A vergonha fica como cicatriz que não dá pra esconder. Quando soube, quis morrer!

Entrar na aula foi um inferno. Todo mundo me olhava e ria. O Carlos Eduardo com aquele ar de vitória, como se tivesse feito a coisa mais incrível do mundo, bancando o gostosão, os outros meninos batendo na palma da mão dele: "Toca aqui! Mandou bem!" A professora chegou pedindo silêncio. Tinha muita conversa. Eu me sentia mal, não sabia o que fazer. Minha cabeça rodava, os olhos cheios de água, murcha no meu canto. Para piorar as coisas, vomitei todo o café da manhã. Imagina o que falariam sobre isso se não fosse o que aconteceu logo depois?

Patrícia, foi coincidência? Certo que ninguém esperava. Justamente naquela manhã descobri o segredo do Lucas. Daquele modo terrível. De nem imaginar perto. Porque, tu sabe, eu já tinha muito. Era o pai num perdido, o Carlos Eduardo me confundindo, as gurias me enchendo. Melhor era desligar do resto.

PARTE 14

A história tinha começado uma ou duas semanas antes. Eu é que fui muito burra de não perceber. Quando ele me disse: "Melhor é ter chance de viver, mana. Tudo passa", ele já tinha o plano.

Lembro que ele chegou a comentar comigo um pouco dessa história. Que tinha esse cara mais velho, primo dos melhores amigos do Lucas, o Lauro e o Mauro. Um tal de Glauco, que já trabalhava desde os dezesseis. Percebi que esse cara tinha impressionado bastante o meu irmão, Patrícia. E só pode ter sido ele que fez o Lucas ter aquela ideia: "Melhor é ter chance de viver, mana. Tudo passa." Tenho certeza.

Lembra que te contei que teve um dia que o Lucas saiu mais cedo? Sabe o que ele foi fazer? Pois depois de tudo, entendi. Te conto.

Um dia depois de conhecer o tal Glauco, o Lucas fez mais. Talvez porque não admitia que um cara como aquele pudesse fazer dinheiro e ele não. O Lucas sempre foi inteligente. Pelo que sei, ele descobriu um negócio que pagava. Parece que bastava um jeito de ir e vir e aí ele ganhava uma parte por viagem ou por entrega. Sei lá. E o melhor é que nem tinha que seguir horário. Não perdia aula. O Lucas se acertou fácil. E queria começar logo. Mas faltava um detalhe.

Lembro da história do tio Pedro. Quando eu ainda brincava de casinha, vez em quando ele vinha pra visita. A minha mãe não gostava dele. Porque era um metido. Sabe aquele tipo de pessoa que gosta de contar vantagem? Mas o Lucas não via isso. Ao invés disso, achava o máximo aquele tio falante, que chegava sempre tirando o capacete e colocando no banco da moto, pra contar que tinha feito isso e aquilo. Enquanto o pai e a mãe viam o tio querendo aparecer e acontecer, o Lucas via um cara cheio de aventuras. E que ainda andava de moto. Acho que foi por isso que ele lembrou do tio Pedro. Simples: a moto ainda existia, apesar de abandonada na garagem, entre as aranhas. Se naquela época a moto já era velha, imagina depois de tanto tempo. Velha, muito velha. Precisava de reforma de tudo que é tipo! Mas, não! Acha que meu irmão vê dificuldade? Nunca. Decidiu de pronto: uma pintura, peças trocadas, uns apertos, óleo nas engrenagens, graxa, e água pra tirar sujeira. Ia fazer as entregas, sim. Decidido. O pai merecia ajuda. Tudo pensado.

Aí é o que eu acho, Patrícia. A traição dele talvez nem tenha sido por querer. O Lucas sempre foi de chamar a atenção. Tu sobe numa moto pela primeira vez e já acha que pode. Às vezes a ideia vem te convencer ligeiro. Não se vê bobagens. Não foi diferente. O Lucas também acreditou muito cedo que podia. Isso é o que mais me chateia. Não precisava ser assim. Por que ele fez o que fez?

PARTE 15

"Mana! Tenho um segredo!", "assim, depois de tirar as caras com a Rita, assim mesmo ele disse, entusiasmado até os olhos. A reforma da moto, as entregas, as ideias de ajudar o pai, o dinheiro ganho, o orgulho de sentir que podia. Ia por aí o tal segredo. Era só fazer as entregas. E quem não quer ajudar um pai, Patrícia? Quando as contas chegam, têm nome, endereço e prazo de vencimento. Alguém perdoa? Todo o dia vinha notícia em boleto. Aí vem o tal de Glauco, convencendo nos assuntos! Claro! Imagino o Lucas lá, balançando as pernas, roendo unhas, imaginando o mundo do jeito dele. É assim que começa a traição – quando a gente se convence que não deve explicação pra ninguém. Esqueceu o quanto eu gostava dele? Francamente, não dá pra entender. Porque o Lucas não é assim. Patrícia, ele é o tipo de guri que inventa motivo o tempo todo pra dizer que te ama, entende? Quando viu a moto pronta na oficina, imagina o que deu nele? Subiu, entende? Fez a primeira entrega, orgulhoso. O dono contou uma nota e colocou na mão dele, estava convencido: podia mais. "Só feliz, mãe", foi o que ele disse naquela noite. Lembro direitinho. Pra depois o chuveiro virar palco do cantor de rock mais fofo que eu conhecia.

Eu emporcalhei o chão da sala de aula com o café da manhã. Sim, sim, coloquei as tripas pra fora. Ouvi o nojo da Glorinha, segurando a ânsia com a mão. As gurias nuns gritos de "argh!", enquanto que pros guris o meu enjoo virava gozação. Diferente, só o Carlos Eduardo, que arregalou os olhos, mexendo na franja, com o cotovelo caído junto do corpo, os lábios quase tortos.

O celular tocou. Me segurei na classe, meio tonta. Era o pai. Não atendi. A professora veio ajeitar a cadeira, cheia de eu-te-ajudos, pra eu sentar e deixar passar. Mas não quis. O celular tocou de novo, uma, duas vezes. Saí pra atender, enquanto eu ouvia ela dizer: "Gurizada, agora chega!". No telefone, a voz do pai embrulhava, picotava muito, dava pra entender pouco. Que eu devia ir pra casa já. O resto não entendi. Entrei e peguei minhas coisas, a turma cochichando. A professora quis saber se tava tudo bem. Eu fiz que sim. Antes de sair espiei o Carlos Eduardo: "Louca!", acho que ouvi ele dizer isso. Corri de raiva. O ônibus tinha horário pra passar logo.

Pouco a gente ouve do mundo quando tá assim tão abatida, Patrícia. Nem sei se era o barulho do meu coração que me deixava surda. A cantoria dos passarinhos era pouca. Vento quase não tinha. As nuvens se esticavam nuns fiozinhos como se o dia fosse se cobrir por inteiro. O ônibus vazio numa freada truncada. Pra eu entrar ligeiro. Depois sacudir na pressa do motorista. No trajeto de sempre, com os buracos de sempre, as subidas e descidas de sempre, os cruzamentos de sempre. Até ver, bem perto da nossa casa, aquela gente toda.

Foi um instante. Sei que meu irmão me segurou pelos bracinhos naquele dia. Eu tava com um vestidinho de babadinho amarelo, a fraldinha aparecendo pelos fundilhos, os pés descalços, sentindo as pedrinhas por entre os dedos, as bochechas rosadas. No rádio, a batucadinha ia marcando a melodia, a voz cantando "...e sair para o mar eu vou, eu vou." Ele era quem inventava, conduzia, me fazia dançar, fingindo que era eu quem segurava a barra do vestido, pra depois jogar pra cima, rodar e dar uma agachadinha, num rebolado de menina que já sabe um charme ou um jeitinho. O pai e a mãe riam muito, orgulhosos de ver irmão e irmã se entendendo. Eu ria das risadas deles. E batia o pé, balançando a cabecinha, dando gritinhos, de tanto gostar daquele momento. Era o dia mais feliz. E assim mesmo se perdeu. A gente cresce, Patrícia.

Desci do ônibus ainda sem saber pra onde. Quando alcancei a calçada do sobrado verde, uma saudade de nem-sei apertou meu coração, querendo que o tempo parasse. As chuvas de alagar, de fazer corredeiras pelo cordão da calçada, a gente juntando pedra, tentando represar a água que vazava entre os grãos de areia, carregando as pequenas folhinhas, os papéis sobrados na rua, eu e meu irmão ali de mãos cheias de barro, rosto suado, os pés encharcados. Não queria, Patrícia. Não queria ver a água se ir. Queria aquela represa improvisada de galhos, pedras, areia. Porque não se trai uma pessoa desse jeito, Patrícia. Não depois daqueles últimos dias. Não depois que o guri que é a paixão da tua vida te ignora e inventa de ti tanta história absurda. Não. Não depois que as meninas do colégio decidem tornar a tua vida um inferno, pelos cantos, pelos cochichos, pelos sorrisos azedos. Não. Não depois que tu vê que aquele pai que batalhou a vida inteira se transformou num zumbi dentro de casa, de olhos vermelhos, de cara enrugada, batendo nos móveis, dormindo de boca aberta no sofá. Não. Não depois que tu descobre a coragem da tua mãe que, mesmo diante de toda aquela dispensa do meu pai, nem imaginada, tenta ainda assim ser mãe de cada tantinho da família, em cada instante que a gente fraqueja ou perde a esperança. Não!

Cheguei perto. Eu não tinha pra onde ir. Aquele monte de gente querendo ver, querendo medir o tamanho, a quantidade, a distância, a idade. E acho que ouvi ele dizer: "Mana, quero te contar meu segredo. Aqui, na frente de toda essa gente. Fiz besteira, mana. Não tenho medo. A verdade é que não posso mais ficar. Não posso. Preciso ir", e enquanto ele falava, notei, ali onde as pessoas davam espaço, aquela perna num contorno diferente, dobrada por fora do joelho. O asfalto manchado esfriava o Lucas. O rosto perdia o sorriso, as mãos perdiam o carinho, os olhos perdiam a lembrança, a língua perdia as palavras. Depois, o pai, Patrícia. A boca do tamanho de um desespero. Segurava a convulsão da mãe pelo rosto, as mãos tremendo, medo do próprio ódio que sentia, ódio de pai perdido, de pai sem poder. Sabia tão pouco agora. E me veio a ânsia outra vez. Depois aquela contração na barriga, a dor entre os olhos, o peito engolido por uma imensidão de ausência, de vazios, a ardência dos vazios. "Melhor é ter chance de viver, mana. Tudo passa" – isso queria ouvir dele, ali, deitado, ao lado da moto retorcida, debaixo do caminhão. Entendi o tamanho daquela traição, falei baixinho, só pra mim, inundando o meu murmúrio: "Não tenho mais sem ti. Doeu." Não retrucou. Estava ocupado com o asfalto, espalhado de silêncio. Esse mesmo silêncio que me devora por dentro até hoje.

PARTE 16

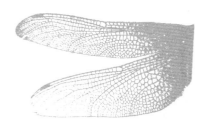

Sabe, Patrícia, eu vim pra cá só quando tu me convidou. Meus pais insistiam que ia ser bom pra mim. Que eu ia ficar melhor. De tempos em tempos, me visitavam, lembra? E inventavam. Da última vez, disseram que o Lucas tinha enviado mensagem. Por escrito. Em folha de papel, num envelope. Que recuperava, nem sentia mais dor. Que tava longe, mas bem. Meu pai segurou as minhas mãos com tanta vontade de me ter de volta. Eu não podia.

Contigo me sinto bem. Nós duas somos tão cheias de sonhos e distraídas. Os meus pais não entendem que o tempo é o que sempre me machuca. O tempo passou, Patrícia. A gente devia se acostumar com isso, mas não. Muito pelo contrário: quando o tempo é curto, a gente reclama que não dura; quando é longo, reclama que ele não passa. O tempo sempre engana a gente, Patrícia.

Eu sei. Essa agitação toda incomoda. Eles estão insistindo muito. Logo colocam essa porta abaixo. Vamos deixar que eles nos descubram juntas? Eu acho que eles não entenderiam. Tem sempre alguém que vai inventar que uma amizade desse tipo não é normal, que não se pode permitir, que é uma doença e que precisa ser curada. Nem ligo. Pensem o que quiserem. Tu te importa? Ou quer que eu vá embora? Olha, vamos combinar. No fundo eu acho que tu queria que eu fosse embora desde que cheguei. Vi o que tu fez. Eu não tava distraída, não. Pra falar a verdade, achei que tu nem queria que eu contasse toda essa história. Agora percebo o teu cansaço. Confessa. Eu sei. Pensa assim: pelo menos a história serviu pra nos distrair. E tem mais. Isso que tu tá fazendo aí dá sono mesmo, muito sono. Se tu quer dormir, não vou te incomodar. A verdade é que daqui a pouco vou atrás do Lucas. Eu preciso tentar. É o único jeito de resolver isso. Não fica preocupada comigo. Foi tão bom te conhecer, Patrícia. Tão bom passar esse tempo contigo. Sempre perto, sempre me ouvindo. Dá tristeza saber que a gente não vai se ver mais, né? Puxa, Patrícia: gosto tanto de ti. Queria ficar mais. Posso ficar? Hein? Fala! Ah, prefere não dizer nada? Tá bom. Eu sei. Cansou mesmo, né? Já não dá mais pra segurar. Quando o sono vem dessa maneira a gente não resiste. A gente se entrega. Eu entendo. Tudo bem. Fecha os olhos, Patrícia. O melhor sonho que a gente tem devia ser eterno. Dorme. Tudo termina. Eu vou atrás do Lucas agora. Vou falar de ti pra ele. Vai dormir, vai. Chegou a hora de eu ir. Adeus. Dorme. Dorme.

PARTE 17

cunha de madeira enfiada por debaixo da porta enfim cede. Quebra-se de tanto forçar. A porta se abre apressada, arrastando a cama, que risca o soalho. Os passos são firmes e preocupados. Um clarão de dois ou três olhares invade o pequeno quarto. Não imaginariam descobrir nada de errado. Apenas entender a razão da porta trancada, do silêncio diante de tanta insistência. Mas já ali a urgência é outra.

Sobre o piso rejuntado, de avental branco, pés descalços e braços abertos, só há aquela menina – só ela – que já nem sente ou escuta. Descansa num sono de nem mais moderar. No rosto magro e desbotado, emoldurado pelos cabelos soltos e descuidados, nem o brilho de olho, nem a cor nas bochechas, nem o pulsar das veias, nem os lábios úmidos. Só um só de abandono, de um além. As mãos estendidas, quase pedintes, deixadas por verter, levemente afastadas do corpo, oferecem o abraço eterno, estancado naquele instante sem testemunhas, aquele momento em que não houve ninguém para pedir que não. Agora não há mais tempo. Os pulsos alimentam aquelas poças. Poças de sangue coagulado onde aquele pedaço de metal afiado se afoga.

O enfermeiro não crê. Ajoelha-se, aterrorizado, para segurar pela nuca o que resta da menina. "Meu Deus! Ajuda aqui!", e suplica: "Patrícia! Patrícia!".

Ela já não está mais naquele lugar.

Compre pelo site
www.besourobox.com

Ninguém disse que era assim
Cássio Pantaleoni
128 pgs / 14cm X 21cm / 978-85-62696-13-8

Alissa, garota observadora e pueril que, em um vilarejo do interior, deixa-se envolver por um rapaz que, a princípio, lhe é indiferente. A trama é simples, linear como a vida do vilarejo. Entretanto, a gravidade dos fatos perpassa por pequenas intrigas, medo, reflexões filosóficas sobre fé, e duelos entre o amor e a morte, entre o comum e o estranho.

A sede das pedras
Cássio Pantaleoni
96 pgs / 14cm X 21cm / 978-85-62696-20-6

Personagens envoltos em desejos não realizados, arrependimentos pelo passado, relações, amores e medos. Uma prosa poética, musical, em que a frase não é um veículo transparente para a trama, mas em sua autonomia estética, nos levam a refletir sobre os acontecimentos cotidianos de maneira melodiosa e singela.